Teresa

Created by Todd Tarbox • Edited by María Medina Swanson

National Textbook Company
a division of NTC *Publishing Group* • Lincolnwood, Illinois USA

Agradecimiento

Muchísimas gracias a nuestra
amiga Debbie Ross.
Sin ella este cuento
no sería el mismo.

T.T. y M.M.S.

1993 Printing

Published by National Textbook Company, a division of NTC Publishing Group.
©1986, 1978 by NTC Publishing Group, 4255 West Touhy Avenue,
Lincolnwood (Chicago), Illinois 60646-1975 U.S.A.

2 3 4 5 6 7 8 9 ML 9 8 7 6 5 4

Queridos niños,

Hoy vamos a leer un cuento interesante que te va a gustar mucho. En el cuento vas a conocer a una niña que se parece a ti pero que probablemente vive en un país diferente con distintas costumbres al tuyo. Al terminar de leer el cuento tendrás una nueva amiguita y conocerás nuevos lugares.
Lee el cuento con mucho cuidado para que lo puedas apreciar. Después de leerlo podrás hablar sobre lo que pasó y sobre lo que hizo la niña.
¡Nuestra historia se puede leer en español, en inglés o en ambos lenguas! Si eres bilingüe o si estás aprendiendo el español o el inglés como segundo idioma, vas a poder leer este cuento y comprenderlo.
Está escrito en una forma muy sencilla y fácil de leer para que lo disfrutes.
Si te gusta el cuento de Teresa puedes conocer a otra amiguita por medio de otro libro que se llama *María* y con ella podrás conocer otros lugares nuevos e interesantes.

Mi familia y mis amigos me
llaman Teche. Mi nombre
verdadero es Teresa. Vivo en la
Ciudad de México. He vivido
aquí toda mi vida.

He ido a Acapulco, Guanajuato, Monterrey y Oaxaca. Hasta he estado en San Antonio en los Estados Unidos. Pero más que nada me gusta estar en México con mis amigas.

Estas son mis compañeras Flor
y Elena. Vamos a la misma
escuela. Somos amigas íntimas.
La semana pasada estaban
hablando de mi cumpleaños.
Mis padres las invitaron a
acompañarnos al Parque
de Chapultepec.

Hasta Rosita, mi hermanita, vino.
¡Qué buena sorpresa!

Los domingos hay mucha gente en el Parque de Chapultepec. Vienen a pasear, a ver las fuentes, los lagos, a sentarse en la yerba, a pasar un buen día. Los niños vienen a jugar, a correr, a saltar, a gozar.

Aunque tengo diez años todavía me gustan los caballitos. Flor, Elena y yo nos montamos tres veces.

La única cosa en el parque que no me gusta son las filas. ¿Ves la montaña rusa? Queríamos dar una carrera pero mamá no nos dejó. Somos muy chicas.

Cerca de la montaña rusa están
los helicópteros. Son muy
divertidos. Suben y bajan y dan
vueltas—todo a la vez. ¡Es como
si estuviéramos volando!

También montamos en las tazas
gigantes. Parece que no van muy
rápido, pero una vez que nos
sentamos,¡qué sorpresa! Estas
muchachas estaban en la taza
de enfrente.

A mamá le gustó este juego.
Pero a mí me dio un poquito de
miedo. Cerré los ojos al subir y
bajar. A veces subimos tan alto
que parecía que íbamos a
caernos, pero no pasó nada.

Rosita es demasiado pequeña
para venir con nosotras. Ella nos
espera en el parque con Concha.
Creo que Rosita quiere
acompañarnos, ¿verdad?

¡Ay, qué cansadas estamos
después de todos los juegos!
A ver si encontramos dónde
sentarnos. Quizás esta niña nos
deje sentarnos con ella.

Lo que nos hace falta ahora es
un helado. Vamos a preguntarle
a esta niña dónde venden
helados.

¡Qué te parece! Rosita está dándole su helado a una niña que apenas conoce. Y a mí que soy su hermana, no me ofreció nada.

ste niño quería
jgar al
scondido con
osotras, pero
n ese momento
amá dijo:
Vamos,niñas!

Fuimos al otro
lado del parque.
Flor, Elena y yo
tuvimos una
carrera. Adivina
quién ganó.

Aquí también
hay muchos
columpios,
resbaladías y
sube y bajas.

¿Sabes que se puede patinar en el Parque de Chapultepec? ¡Qué lástima que se nos olvidó llevar los patines!

Cuando mamá dijo que era hora de regresar, me puse triste. Pero no lloré como esta niña.

Salimos del parque para llevar a
Flor y a Elena a sus casas. Por el
camino pasamos por la fuente
de la Diana en Paseo de la
Reforma. ¡Qué bueno sería jugar
en la fuente!

Entonces tuvimos una gran
sorpresa. Había un desfile de
charros en la avenida. Papá
estacionó el coche y nos
sentamos en este banco de
piedra para ver.

18

Aquí están los charros. Siempre
se visten de sombreros anchos
y trajes cafés con adornos de
plata.

Vimos a muchos caballos, carrozas
y a gente vestida de trajes típicos.

¡Hasta las señoritas
llevan sombreros grandes!

Cuando vi a estos niños
me dieron ganas de estar
en el desfile también.

Había un limpiabotas cerca.
Pero no miraba el desfile.
Creo que el periódico
le interesaba más.

Nos subimos al coche y
pasamos por Reforma hasta
llegar a la avenida Juárez.
Cuando el coche se paró en
un semáforo vimos a estos
niños jugando en el
monumento a Juárez.
¡El león parece tan feroz!

También en la avenida Juárez
está el Palacio de Bellas Artes.
Es un teatro y un centro
de música y arte. Una vez
vine aquí con la escuela a ver
el Ballet Folklórico. El teatro
tiene una enorme cortina muy
bella hecha enteramente de
vidrio.

Esa noche papá me llevó
otra vez a la avenida Juárez
a subir a la Torre Latino-
americana. Tiene 43 pisos y es el
edificio más alto de México.
¡Qué bonito es México de noche!
¡He tenido un día maravilloso!

Dear Children,

Today we are going to read an interesting story I think you will enjoy. In this story, you will meet a little girl who is probably a lot like you. You and the girl probably live in different countries and have different customs. But when you finish this story, you will have a new friend and will visit new places. Read the story carefully, and you will understand it better. After you read it, you will be able to talk about what happened in it and about what the little girl did. You can read our story in Spanish, in English, or in both languages! If you are bilingual or are learning Spanish or English as your second language, you will be able to read and understand this story. It is written in simple language and is easy to read, so you can enjoy it. If you like this story about Teresa, you can meet another friend in a book called *María*, and, with her, you will visit some more new and interesting places.

My family and friends call me
Teche. My real name is Teresa.
I live in Mexico City. I have lived
here all my life.

I have been to Acapulco,
Guanajuato, Monterrey, and
Oaxaca. I've even been to San
Antonio in the U.S.A. But most
of all I like to be home with
my friends.

These are my friends, Flor and Elena. We go to the same school. We are very good friends. Last week they were talking about my birthday. My parents invited them to go to Chapultepec Park with us.

Even Rosita, my little sister, came.
It was a fun surprise!

There are lots of people in Chapultepec Park on Sundays. They come to walk around, look at the fountains, lakes, to sit on the grass and just to have a good time. Children come to play, to run, to jump, to have fun.

Even though I'm ten years old, I still like the merry-go-round. Flor, Elena and I rode on it three times!

The only thing I don't like about
the park is having to stand in line.
See the roller coaster? We
wanted to go on it, but mom
didn't let us. We're too little.

Near the roller coaster is the
helicopter ride. This is lots of
fun. It goes up and down and
spins around—all at the same
time. We really felt like we
were flying!

We went on the giant cups, too.
They don't look like they go fast,
but once you get in one—that's
different! These girls were in
the cup in front of us.

Mom liked this ride. But I was
a little scared. I closed my eyes
as we went up and down.
Sometimes we went so high
that it looked like we would fall.
But nothing happened.

Rosita is too little to go on the
rides so she waits in the park
with Concha. I think Rosita
wants to come with us,
don't you?

Wow! We sure were tired after
all those rides. Let's see if we
can find a place to sit. Maybe
this little girl will let us share
her bench.

What we need now is some ice cream. Let's ask this girl where they sell it.

How do you like that! There is Rosita sharing her ice cream with a girl she just met. And she didn't even offer her sister any!

This little boy
wanted to play
hide-and-seek
with us, but just
then mom said,
"Come on
children."

We went to the
other side of
the park. Flor,
Elena and I had
a race. Guess
who won?

There are many
swings and slides
and seesaws over
there, too.

Did you know that
you can roller-skate
in Chapultepec
Park? Too bad
we forgot to bring
our skates!

When mom said
it was time to
leave, I was sad.
But I didn't cry
like this little girl
we saw.

We left Chapultepec Park to take
Flor and Elena home. On the
way we passed the Diana
Fountain on Reforma Avenue.
Wouldn't it be fun to jump in
the fountain?

Then we had a big surprise.
There was a charro parade going
up the avenue. Dad parked the
car and we climbed on this old
rock bench to watch.

Here are the charros. They always
wear wide hats and brown
costumes with silver ornaments.

We saw lots of horses, floats, and
people dressed in fancy costumes.

Even the ladies wear big hats!

When I saw this girl and boy, I
wished I could be in the
parade, too.

There was a shoeshine boy
nearby. But he wasn't watching
the parade. I guess his newspaper
was more interesting!

We got back in the car and drove
down Reforma to Juárez Avenue.
When the car stopped at the
light, we saw these boys playing
on the Monument to Benito
Juárez. The lion looks so angry!

This is the Palace of Fine Arts,
also on Juárez Avenue. It is a
theatre, concert hall and art
gallery. Once I came here with
my school to see the Folkloric
Ballet. The stage has a huge,
beautiful curtain made out of glass.

Later that night dad took me
back to Juárez Avenue to go up
the Latin American Tower. It is
43 stories high and the tallest
building in all of Mexico. Isn't
Mexico pretty at night! What a
great day I've had!

NTC ELEMENTARY SPANISH TEXTS & MATERIALS

Language-Learning Materials
NTC Language Learning Flash Cards
NTC Language Posters
NTC Language Puppets
Welcome to Spanish Learning Cards
Language Visuals
Initial Sounds in Spanish
Ronda del alfabeto (filmstrip/audiocassette)
A, E, I, O, U: Ahora cantas tú
  (filmstrip/audiocassette)

Dictionaries
Let's Learn Spanish Picture Dictionary
Spanish Picture Dictionary
Diccionario bilingüe ilustrado

Spanish Language Development Programs
¡Viva el español!
  Learning Systems A, B, C
  Converso mucho
  Ya converso más
  ¡Nos comunicamos!
Spanish for Young Americans Series
  Hablan los niños
  Hablan más los niños
  Bienvenidos
Welcome to Spanish Series
  First Start in Spanish
  Moving Ahead in Spanish

Coloring Books
Let's Learn Spanish Coloring Book
My World in Spanish Coloring Book

Workbooks
Mi cuaderno (Books 1, 2, and 3)
Historietas en español
Leamos un cuento
Ya sé leer Workbook

Songbooks
Songs for the Spanish Class
  (audiocassette available)
"Cantando" We Learn (audiocassette
  available)
Canciones dramatizadas
Christmas Songs in Spanish

Phonics Programs
Soundsalive
Mi primera fonética

Computer Software
Basic Vocabulary Builder on Compu
Amigo: Vocabulary Software

Spanish and Bilingual Readers
Horas encantadas
Mother Goose on the Río Grande
Había una vez
Treasury of Children's Classics
  in Spanish and English
¡Hola, amigos! Series
Bilingual Fables
Gabriel, the Happy Ghost Series

For further information or a current catalog, write:
National Textbook Company
a division of *NTC Publishing Group*
4255 West Touhy Avenue
Lincolnwood, Illinois 60646-1975 U.S.A.

NTC